Cinabrio
y la Isla de las Sombras

J. H. Sweet

Ilustrado por Holly Sierra

Traducción de Iolanda Rabascall

pirueta

Título original: *Cinnabar and the Island of Shadows*

Primera edición: septiembre de 2009

© 2008, J. H. Sweet
© 2008 Sourcebooks, Inc., del diseño de cubierta e interiores
© 2008 Tara Larsen Chang, de la fotografía de cubierta
© 2008 Holly Sierra, de las fotografías interiores

© 2009 Iolanda Rabascall, de la traducción

© 2009 Libros del Atril, S.L., de esta edición
Av. Marquès de l'Argentera, 17, pral. 3ª
08003 Barcelona
www.piruetaeditorial.com
www.fairychronicles.es

Impreso por Egedsa
Rois de Corella, 12-16, nave 1
08205 Sabadell (Barcelona)

ISBN: 978-84-92691-43-2
Depósito legal: B. 27.759-2009

A mi sombra

CONOCE EL

Cinabrio

NOMBRE:
Helen Michaels

NOMBRE DE HADA Y ESPÍRITU:
Cinabrio

VARITA:
Una ramita de álamo

DON:
Habilidad para moverse con
suma facilidad en plena noche

TUTORA:
Señora Thompson,
madame Pinzón

Tradescantia

NOMBRE:
Jensen Fortini

NOMBRE DE HADA Y ESPÍRITU:
Tradescantia

VARITA:
Pequeña pluma
de color rojo cardenal

DON:
Inteligencia; habilidad para
ingeniar planes e ideas brillantes

TUTORA:
Madrina, madame Camaleón

EQUIPO DE HADAS

Mimosa

NOMBRE:
Alexandra Hastings

NOMBRE DE HADA Y ESPÍRITU:
Mimosa

VARITA:
Una pluma de emú

DON:
Sensible y comprensiva con las
necesidades de los demás

TUTORA:
Evelyn Holstrom,
madame Monarca

Zarzamora

NOMBRE:
Lauren Kelley

NOMBRE DE HADA Y ESPÍRITU:
Zarzamora

VARITA:
Una hebra de cola
de unicornio trenzada

DON:
Grandes conocimientos
y mucha sabiduría

TUTORA:
Abuela, madame Vara de Oro

Llevas la fuerza dentro de ti

Caléndula y la Pluma de la Esperanza

Libélula y la Telaraña de los Sueños

Cardencha y la Concha de la Risa

Luciérnaga y la búsqueda de la Ardilla Negra

Tradescantia y la Princesa de Haiku

Vincapervinca y la Cueva del Coraje

Cinabrio y la Isla de las Sombras

$\mathcal{S}$umario

Capítulo uno

El primer día de las vacaciones de verano

os primeros rayos del sol de un nuevo día de verano empezaban a filtrarse por las ventanas de la habitación. Helen Michaels llevaba ya casi dos horas levantada, practicando ballet. Helen era una niña delgada, esbelta y de tez morena, con rasgos delicados y una melenita negra y lisa que le llegaba justo por encima de los hombros. Le gustaba llevar el pelo corto porque así le resultaba más fácil sujetárselo en un pequeño moño en las clases y los festivales de ballet.

Helen tenía diez años, y hacía cuatro que practicaba ballet. Cuando sus padres se dieron cuenta de la seriedad con que se lo tomaba, y reconocieron su talento, instalaron espejos y barras a lo largo de una de las paredes de su espaciosa habitación. Helen asistía a clases de ballet tres veces a la semana. Si su habilidad como bailarina seguía progresando, como era de esperar, la matricularían en una escuela especial de estudios artísticos cuando tuviera doce años, en vez de hacerlo en el instituto público de su localidad.

La madre de Helen era una artista que pintaba cuadros al óleo. La señora Michaels vendía sus obras por medio de varias galerías de arte en la región. El padre de Helen era podólogo, un médico especializado en pies. Helen reconocía que era muy afortunada, ya que sus padres podían pagarle las clases de ballet. Los padres de algunos niños no podían permitirse ese gasto. Y puesto que le gustaba tanto bailar, no había desaprovechado la oportunidad que le habían brindado. Practicaba con tenacidad cada día con el fin de mejorar sus aptitudes.

Para Helen, las horas favoritas para entrenar eran a última hora de la noche y a primera de la mañana, y eso se debía a una razón especial. Además de ser como cualquier niña de su edad, Helen era también un hada. Al nacer

había recibido el espíritu de hada de una mariposa nocturna cinabrio. Cuando Cinabrio cumplió nueve años, su hada tutora le reveló el secreto referente a su espíritu mágico y empezó a enseñarle todo lo que necesitaba saber para ser un hada.

Las tutoras solían ser hadas mayores a las que se les asignaba la labor de ayudar a las más jóvenes para que aprendieran y desarrollaran sus habilidades mágicas. El hecho de ser un hada conllevaba una tremenda responsabilidad, así que a las tutoras también se les encomendaba la tarea de enseñar a las jóvenes hadas a no abusar de sus poderes y a no utilizar su magia de hadas para asuntos triviales.

La tutora de Cinabrio era su profesora de ballet, la señora Thompson, un hada con espíritu de pinzón. Madame Pinzón enseñaba a Cinabrio los objetivos de las hadas. También la instruía en el manejo del Manual de las Hadas, el polvo de duendecillo y la varita mágica.

Madame Pinzón siempre realizaba los preparativos oportunos para que Cinabrio pudiera participar en las singulares actividades que las hadas llevaban a cabo. Cuando madame Pinzón y Cinabrio intervenían en una aventura mágica, los padres de Cinabrio normalmente suponían que las dos iban a asistir a alguna clase práctica de ballet o a algún festival que se celebraba fuera de la ciudad. A veces madame Pinzón debía disponerlo todo para que Cinabrio pudiera pasar una noche fuera de su casa y pudiera participar así en las misiones mágicas.

Las hadas tenían encomendada la importante labor de proteger la naturaleza y de solucionar problemas serios, generalmente ocasionados por las travesuras e imprudencias de otras criaturas mágicas. Puesto que la fama de sus habilidades se había extendido por todos los confines de la Tierra, a menudo eran solicitadas para ayudar a los demás.

El Manual de las Hadas ofrecía respuestas a preguntas mágicas, y orientaba a las hadas para que adoptaran decisiones acertadas. Cinabrio llevaba su manual en el cinturón, junto con una bolsa de polvo de duendecillo, tan reluciente como necesario para poder llevar a cabo determinados sortilegios.

Cinabrio llevaba una ramita de álamo a modo de varita. La ramita era de un color cremoso, entre amarillo y blanco. Casi todos los objetos podían servir como varita mágica, y éstas estaban hechizadas con el fin de ayudar a que las hadas pusieran en práctica su magia. La ramita de álamo era muy simple comparada con muchas otras varitas mágicas, pero Cinabrio se sentía extremadamente encantada con ella. Los álamos son unos árboles que simbolizan la fuerza y la soledad, y esas características casaban perfectamente con la naturaleza reservada de su personalidad.

Cuando Cinabrio se reunía con otras amigas hadas en los Círculos Mágicos, todas se ponían a comparar sus varitas mágicas. La inmensa variedad de varitas incluía numerosos tipos de plumas como de faisán, de cardenal, de arrendajo, de cuervo, de avestruz, de azulejo, de pavo real y de emú. También existían muchas varitas de flores, como tulipanes, rosas de pitiminí, amapolas y tréboles. Entre las varitas mágicas más excepcionales destacaba una espina de puercoespín, un fino fragmento de cristal, una pestaña de elefante, unos pelos de orangután trenzados, una semilla de diente de león, una cerda de jabalí rizada en forma de espiral como un sacacorchos, y una ramita de sauce enano. También había varitas hechas con ramitas de muérdago, de paja de trigo dorado, agujas de pino, y astillas pulidas de madera de caoba, de pacana y de abedul silvestre. Madame Pinzón tenía una varita muy poderosa que estaba hecha con bigote de tigre. Pero Cinabrio no habría cambiado su varita por ninguna de las más espectaculares. Adoraba su ramita de álamo.

El tamaño normal de un hada es de quince centímetros. En su apariencia de hada, Cinabrio lucía un vestido de terciopelo negro brillante que le llegaba justo por encima de las rodillas; asimismo exhibía unas enormes alas rojas brillantes rematadas con unos trazos de color gris oscuro. También llevaba un cinturón de terciopelo negro, a juego con sus delicadas zapatillas. Cinabrio destacaba entre todas las hadas por su porte elegante. Y a pesar de su personalidad tímida y reservada, atraía la atención por su belleza y su gracia naturales.

Cada una de las hadas poseía un don singular relacionado con su espíritu mágico. Cinabrio había sido agraciada con la habilidad de orientarse extraordinariamente bien de noche. Disponía de más energía y podía ver y volar mejor durante las horas nocturnas.

En su forma de hada, madame Pinzón llevaba un delicado vestido vaporoso de un tono verde amarillento confeccionado con unas diminutas y suaves plumas de pinzón. Puesto que los pinzones eran unos pajaritos simpáticos y dóciles, por don especial tenía una increíble habilidad para llevarse bien con todo el mundo. A menudo mediaba en disputas y en momentos de tensión, y ponía coto a las peleas. Y puesto que era una de las hadas más sosegadas y con mejor carácter, solía ayudar a calmar los ánimos cuando éstos se encendían.

Esa mañana Cinabrio estaba entusiasmada porque ella y madame Pinzón iban a asistir a un Círculo Mágico. Madame Pinzón se había encargado de todos los preparativos con el propósito de que nuestra querida hada pudiera pasar dos noches en casa de otra para

participar en una misión mágica de suma importancia. Todavía quedaban tres semanas de vacaciones de verano, y eso significaba que aún tenían mucho tiempo para disfrutar con actividades mágicas.

Mientras Cinabrio estaba practicando unos pasos de ballet, una ardilla depositó un mensaje de nuez en el alféizar de la ventana de su habitación. (Los mensajes de nuez son notas y cartas escondidas dentro de cáscaras de frutos secos.) El mensaje era de parte de madame Pinzón, y en él la informaba de que ya lo había arreglado todo con sus padres para que pudiera ausentarse dos días de casa, y que pasaría a recogerla a las nueve en punto. Madame Pinzón también deseaba que su pupila supiera que al Círculo Mágico asistiría un par de hadas nuevas con espíritu de mariposas nocturnas: una cisthene y una luna.

La última parte del mensaje contenía una información especialmente interesante para Cinabrio. Hasta ese momento, ella había sido la única hada con espíritu de mariposa nocturna. Entre sus amigas de la región se contaban numerosas hadas con espíritu de mariposas diurnas, junto con otros insectos que incluían una luciérnaga, una libélula y un escarabajo japonés. Pero hasta entonces no había conocido a ninguna otra hada con espíritu de mariposa nocturna. Un hada zarzamora y un hada vara de oro también se unirían al grupo por primera vez en ese Círculo Mágico.

Cinabrio se duchó y se cambió de ropa en un pispás; después preparó rápidamente una bolsa con todo lo necesario para pasar dos noches fuera de casa y se fue a la cocina, donde saboreó un cuenco lleno de cereales, mientras esperaba con ansia la llegada de madame Pinzón.

Capítulo dos

El Círculo Mágico

adame Pinzón llegó puntual a las nueve, y las dos partieron sin demora en su sedán de color azul. Durante el trayecto realizaron una única parada para recoger a otra hada. Jensen Fortini era un hada con espíritu de tradescantia. Bailey Richardson, la vecina de Tradescantia, era un hada con espíritu de romero. Sin embargo, Romero se había marchado de vacaciones con su familia, y por consiguiente no asistiría al Círculo Mágico en esa ocasión.

Como hada, Tradescantia lucía un vestido de color verde oscuro confeccionado con hojas largas y puntiagudas, con unas florecillas de color azul brillante diseminadas por el corpiño y por la falda. Las flores azules tenían unos graciosos y sugestivos puntitos de un amarillo luminoso en el centro. Tradescantia también poseía unas largas alas azules y llevaba el pelo corto y ondulado, de color rubio con reflejos caoba, sujeto con una corona cubierta de diminutas flores de tradescantia. Su varita era una pequeña pluma de color rojo cardenal, y como don especial había sido agraciada con una inteligencia e intuición excepcionales. Demostraba una tremenda destreza para resolver problemas, también para hallar respuestas y planear estrategias; asimismo, mostraba una extraordinaria habilidad para los crucigramas y el ajedrez, y estaba estudiando el arte de debatir, algo insólito en una niña de diez años.

Tradescantia se había enterado de la noticia sobre las nuevas hadas gracias a su tutora, madame Camaleón, y también estaba entusiasmada con la inminente reunión de hadas.

Sólo tenían que viajar unos quince minutos más para llegar al parque retirado en los confines de la ciudad. Ese día las hadas iban a reunirse bajo un ciprés calvo situado en la orilla de un pequeño estanque. Madame Sapo, la jefa de las hadas, siempre elegía los emplazamientos para los Círculos Mágicos con sumo cuidado. Las hadas solían congregarse bajo árboles que tenían un especial significado, normalmente relacionado con el objetivo de la reunión. Mientras aparcaba el coche, madame Pinzón explicó que los cipreses simbolizan la oscuridad, las sombras y la aflicción.

Cuando Cinabrio, Tradescantia y madame Pinzón llegaron, ya había una veintena de hadas revoloteando por la base del árbol. Unas pocas se habían sentado en las rodillas nudosas del ciprés calvo, que en realidad eran las raíces del árbol que emergían por encima del agua.

Mientras nuestras queridas hadas se unían a sus amigas, Cinabrio y Tradescantia se fijaron en que madame Sapo departía animadamente con un elfo que tenía aspecto de estar agotado. El elfo apenas medía sesenta centímetros, su pelo era oscuro, e iba ataviado con una camisa verde y unos pantalones de color marrón.

A pesar de su aspecto juvenil, los elfos son

unas criaturas mágicas muy viejas. Nunca envejecen ni mueren porque son inmortales. Los elfos también disponen de una magia muy poderosa que las otras criaturas mágicas prácticamente desconocen. No llevan zapatos puntiagudos, ni sus orejitas acaban en punta; por consiguiente, no se asemejan a los elfos que aparecen en los cuentos de hadas.

El duende Cristóbal, el jefe de los duendecillos, también se hallaba presente, de pie junto a madame Sapo y el elfo. Los duendecillos son unos seres traviesos que apenas miden veinte centímetros; su espíritu proviene de elementos de la naturaleza como el musgo, el jaspe, la pizarra, el trébol, el ámbar, el granito, el cuarzo, las piñas y las piedras de río. Pueden volar como las hadas, pero a menudo prefieren desplazarse montados a lomos de animales y pájaros.

Cristóbal era un duendecillo con el pelo oscuro y espíritu de bellota. Iba ataviado con un fino traje marrón, y llevaba una gorra en forma de bellota. El jefe de los duendecillos parecía casi tan exhausto como el elfo.

Cuando Cristóbal vio que Cinabrio se quedaba sola unos instantes, se le acercó y le entregó una pequeña bellota.

—Es de parte de James —dijo el duendecillo toscamente. Se dio la vuelta rápidamente, mientras Cinabrio notaba cómo se le encendían las mejillas, y su cara y cuello iban adoptando un color encarnado tan brillante como el de sus alas.

Cinabrio había conocido al duendecillo James a principios de verano, mientras buscaban a la Princesa de Haiku que había desaparecido. James también había participado en la misión de recargar la Cueva del Coraje. James y Cinabrio se gustaban, y se habían estado intercambiando mensajes de nuez. La nuez contenía una diminuta flor blanca, un suspiro de bebé. Cinabrio se la colgó en el cinturón. La delicada flor ofrecía un bello contraste con su vestido negro.

Cinabrio y Tradescantia revolotearon por el Círculo Mágico saludando a diversas amigas, entre ellas Luciérnaga, Dondiego de Día, Cardencha, Caléndula, Libélula, Mimosa, Primavera y Malva Loca.

Malva Loca era la única hada sorda del

grupo, y Primavera, su prima, recurría al lenguaje de signos para hacerle de intérprete. Madame Macaón era la tutora de Malva Loca y también conocía el lenguaje de signos. Además, numerosas hadas se habían apuntado a clases de lenguaje de signos en la escuela de su localidad.

Todas estaban muy emocionadas, con ganas de conocer a las nuevas hadas, puesto que Zarzamora y Vara de Oro acababan de llegar.

El verdadero nombre de Zarzamora era Lauren Kelley. Llevaba un vestido verde confeccionado con hojas de parra, y entre las hojas despuntaban unas diminutas zarzamoras. Su pelo corto y ondulado era prácticamente tan negro como las bayas que exhibía. Las pequeñas alas de Zarzamora eran de un suave color verde pastel, y su varita mágica consistía en una reluciente hebra de pelo de cola de unicornio trenzada, tan blanca como la nieve.

Madame Vara de Oro, la abuela y tutora de Zarzamora, se había pasado casi dos semanas explorando un huerto lleno de manzanos en un intento de encontrar un pelo de unicornio. A los unicornios les encantan las manzanas, pero es prácticamente imposible ver una de esas bellísimas criaturas mágicas; además, madame Vara de Oro ni siquiera estaba segura de si algún ejemplar pasaba por ese huerto de vez en cuando. Sin embargo, después de una búsqueda exhaustiva, había tenido suerte.

Como singular don de hada, Zarzamora poseía unos extensos conocimientos generales y una gran sabiduría, por lo que nuestra querida amiga parecía algo así como una enciclopedia con sentido común. Procesaba la información con una increíble rapidez, y deducía la respuesta correcta para casi todas las preguntas. Zarzamora también poseía amplios conocimientos sobre leyendas, así como sobre historia.

El nombre de madame Vara de Oro era Beverly Kelley. Su pelo plateado era corto y ondulado, y lucía un traje dorado, que brillaba con los destellos de un atardecer satinado. Tenía unas alas largas de un cálido dorado otoñal, y llevaba una pequeña pluma de colibrí a modo de varita. La pluma era la varita mágica más pequeña que ningún hada había visto jamás, de un tono verde oscuro con un leve brillo tornasolado en azul turquesa y púrpura. El don especial de madame Vara de Oro era su increíble y precavido sentido común; además mostraba una extrema habilidad para presagiar el peligro y el engaño. También poseía la sagacidad de saber cómo conseguir que la gente dijera la verdad, si era necesario.

Con gran alborozo, Cinabrio atravesó el Círculo Mágico hasta el otro extremo para saludar a las dos nuevas hadas con espíritu de mariposa nocturna que acababan de llegar. Luna tenía unas alas verde pálido con unas luminosas manchas de forma redondeada que parecían ojos, rematadas con unos trazos de un suave color rosa. Las alas de Cisthene estaban divididas en secciones de color gris, naranja pálido y rosa. Las dos eran muy hermosas, y enseguida lograron captar la atención del resto de las hadas.

En el otro lado del círculo, Tradescantia estaba la mar de enfrascada en una conversación con su amiga Mimosa. El verdadero nombre de Mimosa era Alexandra Hastings. Tenía una melena rubia, larga y lisa, que resplandecía casi tanto como su vestido, confeccionado

con tallos y unas sedosas y brillantes flores de mimosa de diversos colores: melocotón, rosa claro, blanco y rosa oscuro. Sus alas, sus alas de color rosa claro eran muy largas y finas, y su varita consistía en una pluma de emú con las puntas rizadas y ahorquilladas. Mimosa también olía a melocotones maduros. Todas a su alrededor aspiraron profundamente para impregnarse del delicioso aroma de fruta fresca.

Como singular don especial, Mimosa había sido agraciada con la habilidad de ser excepcionalmente sensible y de preocuparse por los demás. Tenía una portentosa intuición que le permitía comprender las necesidades del prójimo, y siempre sabía dar consejos reconfortantes. Con sólo diez años sabía que de mayor quería ser asesora profesional, bien en una escuela o bien como terapeuta; todavía no lo había decidido.

Las hadas continuaron saludando a las recién llegadas mientras degustaban un refrigerio compuesto por frambuesas, pastel de cerezas cortadas a rodajas, dulces caseros de azúcar y mantequilla, pastelitos de hojaldre espolvoreados con azúcar, gominolas de limón, mantequilla de cacahuete y empanadas de crema de malvavisco, zumo de granada y cerveza de regaliz.

Media hora más tarde, después de las presentaciones oportunas, madame Sapo llamó la atención de las congregadas para iniciar la sesión.

Capítulo tres

Las sombras y los
fabricantes de sombras

Desde hacía mucho —muchísimo—
tiempo, madame Sapo ostentaba el
cargo de jefa de la región sudoeste
de las hadas. Era el hada más an-
ciana y más sabia, y tenía una voz profunda y
enérgica. La regordeta jefa de las hadas tenía
unas alas pequeñas y brillantes de color verde
y un vestido verde pálido moteado por miles
de gotitas húmedas y brillantes. Llevaba un ta-
llo rematado con un capullo de rosa roja de
pitiminí a modo de varita, y una corona ador-
nada con diminutos capullos de rosa rojos a
juego con la varita.

El elfo y Cristóbal se sentaron cada uno a
un lado de madame Sapo y escucharon respe-

tuosamente cuando ésta empezó a hablar. Madame Monarca se hallaba de pie al lado de Malva Loca, para servirle de intérprete. El lenguaje de signos era tan grácil y bonito que las hadas a menudo acababan con la vista fija en las manos y la boca de madame Monarca o de Primavera, en vez de centrar su atención en madame Sapo.

—¡Bienvenidas! ¡Seáis todas bienvenidas! —empezó a decir madame Sapo—. Y en particular quiero dar la bienvenida a las nuevas hadas: Zarzamora, Luna, Cisthene y madame Vara de Oro. Estamos muy contentas de que os hayáis unido a nuestro grupo.

Todas aplaudieron, y madame Sapo hizo una pausa antes de continuar.

—Nos hemos reunido aquí para hablar de un problema muy serio, pero antes deseo daros un poco de información para que comprendáis la situación. Seguramente algunas de vosotras ya sabéis por qué los seres humanos tienen sombra. Si ése es vuestro caso, os ruego que permanezcáis igualmente atentas durante esta breve introducción.

»Las sombras humanas no se asemejan a

ninguna otra sombra de las que pueblan la Tierra —continuó—. Son muy diferentes de las sombras de los animales, las montañas, las plantas, las nubes, los insectos y las edificaciones. Para empezar, las sombras humanas son mucho más complejas. Y son las únicas que están confeccionadas de forma mágica. Los fabricantes de sombras elaboran las sombras humanas en la Isla de las Sombras, y se las entregan a los recién nacidos a través de halcones que trabajan a su servicio.

La mayoría de las jóvenes hadas atendieron a madame Sapo con gran interés, puesto que se trataba de una información desconocida para ellas:

—Nuestra sombra ejerce tres funciones. Primero, nos hace compañía cuando estamos solas, para que no tengamos miedo ni nos sintamos abandonadas. Segundo, nos protege; nuestra sombra nos puede ayudar a defendernos en caso de ataque. Los seres humanos casi nunca sufrimos ningún ataque de día, cuando nuestras sombras están totalmente despiertas. A menudo los ataques suceden de noche, mientras nuestras sombras duermen, agotadas tras su vigilia diaria para protegernos. Por último, cuando nos morimos, nuestra sombra actúa de guía hasta el más allá. No podemos realizar el viaje hacia el otro mundo sin nuestra sombra. Es absolutamente necesario que nos acompañe. Sólo la sombra sabe el camino. Sin ella, nos perderíamos.

Las hadas se miraron las unas a las otras con cara de sorpresa. Ninguna de las más jóvenes era consciente de las arduas funciones que desempeñaba su sombra. Las que se hallaban en el extremo más alejado del grupo, donde quedaban parcialmente bañadas por la luz del sol, se pusieron a admirar sus sombras, con el semblante maravillado.

Madame Sapo llamó de nuevo su atención y continuó hablando:

—Después de lo que os acabo de contar, seguro que comprenderéis por qué necesitamos nuestras sombras, tanto en vida como cuando ésta toca a su fin. —Hizo una pausa durante unos breves momentos, mientras todas la observaban con interés y aguardaban con expectación que prosiguiera con su relato—. La Madre Naturaleza se ha percatado de un problema y por eso se ha puesto en contacto conmigo, a pesar de que prácticamente no disponemos de ningún detalle revelador.

Las hadas volvieron a mirarse las unas a las otras, esta vez con manifiesto temor. La Madre Naturaleza era quien custodiaba a las criaturas mágicas y supervisaba toda la naturaleza. Se trataba de un ser extremadamente ocupado y muy poderoso, y normalmente sólo contactaba con las hadas cuando era necesario resolver algún asunto muy serio. La Madre Naturaleza aparecía a menudo bajo formas peligrosas y amenazadoras, como la de una inundación, aguanieve, granizo, una avalancha de nieve o un oleaje violento. Por fortuna, cada vez que madame Sapo se reunía con la Madre Naturaleza, el hada guardiana adoptaba una apariencia pacífica, como por ejemplo el eco, el arcoiris, la brisa o un banco de arena.

Madame Sapo continuó con su relato.

—La Madre Naturaleza ha descubierto siete casos de niños en diferentes países del mundo que no han recibido sus sombras. Se trata de un niño en Panamá, otro en Holanda,

uno en Canadá, uno en Sudáfrica, uno en Estados Unidos y dos en México.

»De momento los bebés están a salvo —aseveró madame Sapo—. Sus papás y otros miembros de la familia están con ellos casi siempre, por lo que no se quedan solos ni desprotegidos. Y pasará bastante tiempo antes de que alguien se dé cuenta de que les falta la sombra, ya que los humanos no suelen exponer a los recién nacidos a los intensos rayos del sol, y además esos bebés no gatean ni caminan, por lo que la ausencia de su sombra no es todavía evidente.

»Sin embargo, puesto que ahora sabemos el papel fundamental de nuestras sombras, es preciso corregir el problema de inmediato. Os he proporcionado todos los detalles que conozco acerca de las sombras desaparecidas. Y puesto que carecemos de más información, esta misión no resultará nada fácil. El grupo seleccionado de hadas deberá viajar hasta la Isla de las Sombras, entrevistarse con el rey y la reina de la Tierra de las Sombras, averiguar qué ha pasado e intentar solventar el problema.

»Pero hay algo muy importante que no debéis olvidar mientras os encontréis en la Isla de las Sombras. —Madame Sapo hizo una breve pausa antes de proseguir—: A los fabricantes de sombras les está totalmente prohibido contemplar las que han creado una vez que éstas se han unido a su humano correspondiente. Contemplarlas les provocaría la muerte inmediata. Así que tenemos que actuar con mucho cuidado.

»Es necesario que lleguéis a la isla de noche y, mientras estéis allí, tenéis que evitar a toda costa que vuestras sombras sean visibles con la luz de la luna o de las estrellas. No será fácil. En la isla no hay electricidad, ni tampoco linternas ni velas porque los fabricantes de sombras no las necesitan. Pero si una sombra se ve expuesta a la luz del sol, de la luna o de las estrellas, podría provocar la muerte de los habitantes de la isla; por eso debéis actuar con extrema diligencia y cuidado mientras estéis allí.

A continuación, madame Sapo presentó al elfo.

—Os presento a Trizo. Gracias a su sortilegio *Viajar mientras dormimos,* conseguiréis lle-

gar a la Costa Oeste inmediatamente; bueno, casi inmediatamente. En tan sólo cuarenta y cinco minutos despertaréis de su sortilegio y entonces partiréis hacia la Isla de las Sombras.

»El duende Cristóbal lo ha organizado todo meticulosamente en la Costa Oeste con la ayuda de sus duendecillos —continuó madame Sapo—. Han reclutado halcones y otros pájaros con la intención de contactar con los halcones que trabajan en la Isla de las Sombras; de ese modo tendréis un medio de transporte hasta la isla cuando alcancéis la costa.

»He decidido que Cinabrio encabezará esta misión —anunció la jefa de las hadas—. Su habilidad para moverse con suma facilidad en plena noche será una valiosa ayuda en esta ocasión. Tradescantia, Mimosa y Zarzamora la acompañarán. Madame Pinzón y madame Vara de Oro harán las funciones de supervisoras.

Madame Sapo sonrió levemente mientras añadía:

—Para esta misión contamos con nuestras hadas pensadoras. Puesto que no disponemos de mucha información, necesitaremos todos sus conocimientos, sabiduría, capacidad para solucionar problemas y habilidad de pensar con una portentosa rapidez. Ningún hada ha conocido al rey ni a la reina de la Tierra de las Sombras, ni tampoco a ningún fabricante de sombras. También necesitaremos mostrar mucha sensibilidad, comprensión, precaución, sentido común y delicadeza para interactuar con ellos con efectividad y resolver este problema.

Mientras las hadas elegidas para la expedición se preparaban para irse, Cinabrio buscó el término *Isla de las Sombras* en el Manual de las Hadas. Leyó la definición en voz alta para Tradescantia, Zarzamora y Mimosa, que se hallaban a su lado:

Isla de las Sombras: La Isla de las Sombras, también llamada Tierra de las Sombras, se encuentra en un lugar cercano a la Costa Oeste. Está gobernada por el rey y la reina de la Tierra de las Sombras y habitada por unos quinientos fabricantes de sombras. En la isla se fabrican las sombras de todos los seres humanos. De dicha labor se encargan los fabricantes de sombras. La producción de sombras es un proceso muy complejo que requiere una gran habilidad. Cada sombra corresponde a un individuo diferente, y es tan única e irrepetible como el humano para el que se fabrica. Las sombras no son intercambiables, y los halcones que se encargan de repartir las sombras a los humanos están especialmente entrenados para localizar a los recién nacidos específicos a quienes corresponde cada sombra. Hasta ahora los halcones nunca han cometido ningún error en ninguna entrega.

Habían preparado unas mochilas para cada miembro de la expedición con comida, agua, almohadas y mantas. Los envases de plástico estaban llenos a rebosar de gominolas de limón, frambuesas, mantequilla de cacahuete y empanadas de crema de malvavisco.

El grupo se apresuró a despedirse de sus amigas y éstas les desearon mucha suerte.

Mientras aguardaban a que Trizo acabara de hablar con madame Sapo, Cinabrio buscó otro término más en el manual, y nuevamente volvió a leerlo en voz alta:

Fabricantes de sombras: Estos seres se encargan de fabricar las sombras de los humanos. Aproximadamente son quinientos los fabricantes de sombras que viven en la Isla de las Sombras. Nadie ha visto nunca a un fabricante de sombras, por lo que se desconoce qué aspecto tienen. Los fabricantes de sombras no son seres reservados; viven aislados por motivos de seguridad. Si un fabricante de sombras contemplara una de las sombras que ha creado, después de que la sombra haya abandonado la isla y se haya unido al ser humano que le corresponde, esa actuación podría provocar unos efectos nefastos. A pesar de que cada uno de ellos trabaja en varias sombras a la vez, se necesitan aproximadamente seis meses para completar la fabricación de una sola sombra humana.

Capítulo cuatro

El viaje a la isla

rizo ordenó a las hadas que cerraran los ojos mientras él les lanzaba el sortilegio *Viajar mientras dormimos*. Casi inmediatamente, las hadas escucharon el suave murmullo de las olas marinas y olieron el perfume de agua salada en el aire. Cuando se despertaron, descubrieron que se hallaban tumbadas en una desolada franja de tierra rocosa, desde donde nacía una playa de arena fina. Trizo las había estado vigilando durante cuarenta y cinco minutos, hasta que las hadas habían salido del sortilegio sanas y salvas.

Nuestras queridas amigas se maravillaron de que el viaje mágico hubiera durado tan

poco. Tenían la impresión de haber llegado a ese lugar en un santiamén, justo después de haber entornado los ojos, pero como no recordaban el plácido sueño que había durado cuarenta y cinco minutos, se sentían un poco desorientadas; por eso miraron a su alrededor unos instantes al tiempo que se frotaban los ojos. Lo único que recordaban era que unos momentos antes estaban en el Círculo Mágico, arropadas por las ramas del imponente ciprés calvo.

Las hadas descubrieron que los duendecillos de la Costa Oeste que estaban bajo las órdenes de Cristóbal habían conseguido contactar con los halcones de los fabricantes de sombras. Un enorme halcón aguardaba pacientemente a que se despertaran. En ese preciso instante, dos duendecillos desconocidos con espíritu de musgo se disponían a partir montados a lomos de un búho moteado. Saludaron a las hadas con un leve movimiento de la mano, pero no se quedaron para presentarse.

—Hace casi veinte minutos que el halcón está aquí, esperando poder hablar con vosotras —les informó Trizo.

—Hola —las saludó el halcón, con una voz firme y profunda—. La mayoría de los halcones que trabajan en la isla no pueden hablar, pero yo sí. —Sus ojos destellaban fieramente, y las hadas se sintieron alarmadas—. No temáis —las tranquilizó al notar su inquietud—. Estoy muy contento de que hayáis venido, de veras; os agradecemos mucho vuestra ayuda. Esta noche os llevaré hasta la Isla de las Sombras para que os reunáis con el rey y la reina de la Tierra de las Sombras.

»No puedo daros demasiados detalles acerca del asunto porque no sé realmente lo que ha sucedido —continuó el halcón—. Sé que esta crisis tiene algo que ver con el Demonio de la Luz.

»El grifo os dará más información cuando lleguéis a la isla, antes de que os reunáis con el rey y la reina. El grifo trabaja para el rey y la reina de la Tierra de las Sombras, es él quien supervisa a los halcones y gestiona la entrega de las sombras.

Acto seguido, Trizo dijo a las hadas:

—No puedo acompañaros hasta la isla pero, mañana por la mañana, cuando la misión haya concluido, volveré aquí para llevaros de regreso a casa.

Y, tras esas palabras, las hadas oyeron un sonido similar a un taponazo y el elfo simplemente se desvaneció ante sus ojos.

A continuación, el halcón volvió a hablar:

—Deberíamos partir sin demora. El viaje durará varias horas así que, cuando lleguemos a la isla, ya será de noche. Os llevaré sobre mi lomo. He transportado objetos más pesados, así que no os preocupéis, no os pasará nada.

Las hadas estaban absolutamente entusiasmadas cuando se alzaron volando para aterrizar sobre el lomo del halcón. Ninguna de ellas había montado antes en un halcón. Sus plumas eran suaves y cálidas.

—Agarraos firmemente a mis plumas si creéis que es necesario —les dijo el halcón—. Es posible que el viento arrecie mientras dure el viaje.

El halcón se elevó hacia el cielo, y cambió de rumbo varias veces. Parecía como si quisiera aprovechar determinados vientos para volar más rápido. A pesar de que el aire era muy frío a tan elevada altura, las hadas se sen-

tían abrigadas y protegidas entre las suaves plumas del halcón.

A sus pies quedaba el brillante océano azul, y la inmensa franja de agua resplandecía bellísima cada vez que las hadas conseguían vislumbrarla a través de las extrañas formas que adoptaban las nubes blancas y algodonosas. Mientras volaban, Cinabrio buscó en el manual el término *Demonio de la Luz*. De nuevo, leyó la definición en voz alta para sus amigas:

Demonio de la Luz: También conocido como Ráfaga Luminosa, el Demonio de la Luz desea sembrar miseria y sufrimiento entre los humanos. La mayoría de los demonios atormentan y torturan a los seres humanos siempre que se les presenta la ocasión. El Demonio de la Luz pretende eliminar las sombras de la faz de la Tierra. Sin embargo, es absolutamente necesario que la sombra y la luz existan en armonioso equilibrio. Ráfaga Luminosa nunca ha conseguido atentar contra las sombras humanas. Son demasiado complejas, demasiado poderosas y demasiado numerosas para que ese demonio pueda hacerles daño. Una quimera trabaja para Ráfaga Luminosa. Hasta ahora, estas dos criaturas diabólicas han conseguido provocar quemaduras de piel severas, algunos incendios forestales, deslumbramientos solares, ceguera por nieve e intensas erupciones volcánicas. En pocas palabras: forman un equipo muy desagradable.

Sin perder ni un segundo, Cinabrio buscó el término *quimera*:

Quimera: Una quimera es un demonio monstruoso, grotesco, con cabeza de león, cuerpo de cabra y cola de serpiente, que vomita fuego por la boca. El Demonio de la Luz cuenta con una quimera que trabaja para él. Los dos son muy peligrosos. Tened cuidado.

Mientras las hadas seguían sentadas, pensando en el Demonio de la Luz y la quimera, asustadas ante la idea de tener que enfrentarse a uno o posiblemente a los dos demonios, Zarzamora las sacó de su ensimismamiento.

—De hecho, esa definición no es completamente correcta —apostilló—. Una quimera es cualquier criatura constituida a partir de dos o más tipos de animales, pájaros, reptiles, etcétera. Aunque la quimera en su forma tradicional tiene cabeza de león, cuerpo de cabra y cola de serpiente, no podemos saber con toda certeza qué aspecto tendrá la quimera del Demonio de la Luz.

El resto de las hadas se quedó mirando a Zarzamora con ostensible admiración. Sabían que su don singular consistía en poseer unos vastos conocimientos, pero se quedaron impresionadas al ver que era capaz de corregir la definición que ofrecía el Manual de las Hadas. Normalmente, el manual era muy completo y preciso.

Unos momentos más tarde, Zarzamora volvió a hablar, con el semblante muy serio y las cejas fruncidas:

—Por supuesto que a veces consulto el Manual de las Hadas, pero he de admitir que la información que ofrece resulta en cierta manera insuficiente y que a menudo omite detalles relevantes.

Obviamente, la pequeña hada se había excedido con su comentario. Las otras hadas la miraron con los ojos como platos y boquiabiertas, y acto seguido oyeron cómo el Manual de las Hadas que colgaba del cinturón de Zarzamora profería un gruñido de desaprobación: «¡Grrrrr!».

Todas se quedaron quietas y en silencio. Era la primera vez que oían a un manual emitir ruido alguno. Aunque ciertamente era la primera vez que se encontraban con un manual al que acababan de ofender.

Cinabrio cogió su manual y rápidamente procedió a buscar el término *grifo* en un intento de calmar la tensión reinante. Por lo visto, su manual se había acobardado ante la posibilidad de que alguien lo criticara y ofreció una definición muy detallada:

Grifo: Un grifo es una criatura mágica con cabeza y alas de águila y cuerpo de león. No está del todo claro qué habilidades mágicas posee, aparte del don de volar y de hablar. El grifo que vais a conocer está al servicio del rey y la reina de la Tierra de las Sombras, o dicho de otro modo, el Rey Penumbra y la Reina Silueta de la Isla de las Sombras. El grifo se encarga de todas las actividades de los halcones que trabajan en la isla. Supervisa su formación y las operaciones de entrega que llevan a cabo, entre las que se incluye reunir sombras humanas específicas con niños recién nacidos en todos los confines del mundo.

El grupo guardó silencio, como si todas esperasen a ver si Zarzamora pensaba añadir alguna cosa más. El hada no habló, pero desvió la vista hacia el océano con aire pensativo.

Las otras hadas lanzaron un suspiro, aliviadas. Cinabrio pensó que se lo había imaginado, pero le pareció oír que su manual soltaba un pequeño suspiro, también de alivio, mientras cerraba el libro y se lo guardaba de nuevo en el cinturón.

El viento se había vuelto más frío, por lo que las hadas procuraron cobijarse más entre

Grifo:

Criatura mágica con cabeza y alas de águila y cuerpo de león.

las alas del halcón y ya no se movieron durante el resto del trayecto.

Tras casi dos horas de vuelo, saborearon un piscolabis de mantequilla de cacahuete, empanadas de crema de malvavisco y frambuesas. Tradescantia ofreció comida al halcón, pero éste rechazó la invitación.

El disco solar iniciaba su lento descenso sobre el horizonte acuoso y el océano a sus pies había adoptado la apariencia de un manto de color gris metalizado, cuando avistaron la Isla de las Sombras en la distancia.

Todas las hadas corearon «Luz mágica», y las puntas de sus varitas se iluminaron refulgentes para alumbrar la última parte del trayecto. Sabían que tendrían que apagar sus varitas antes de llegar a la isla, pero por el momento la luz les aportaba sosiego en medio de la absoluta oscuridad que se cernía sobre ellas y el viento frío que silbaba en sus diminutas orejas.

La única hada que no se mostraba inquieta era Cinabrio. A medida que la oscuridad se iba apoderando de todo el espacio, Cinabrio sintió un estallido de energía en su interior, y de repente se le despertaron todos los sentidos. En esos momentos podía ver la isla con más claridad que unos escasos minutos antes, y también acertaba a distinguir unas figuras en las que previamente no se había fijado: en el agua que se extendía a sus pies, varias marsopas se desplazaban a gran velocidad, como si quisieran seguir el ritmo del halcón que volaba tan alto en el cielo. Saltando y chapoteando alegremente, las marsopas emergían y se sumergían graciosamente, partiendo la superficie de las olas con una extraordinaria precisión.

Capítulo cinco

El grifo

l halcón planeó a ras de las olas del océano, despacio y en círculos, hasta quedar a escasa distancia de la costa. Parecía que buscaba algo. Tras unos breves momentos, avistó lo que buscaba y voló bajo hasta situarse justo encima de una enorme tortuga marina.

Habló con la tortuga por medio de unos graznidos cortos. Entonces el halcón explicó a las hadas:

—La tortuga os llevará sobre su caparazón hasta la costa. La luz de las estrellas es muy potente y no podemos correr el riesgo de que vuestras sombras se hagan visibles. Sería peligroso, y eso es precisamente lo que podría suceder si llegarais montadas sobre un halcón. Os veré dentro de un rato en la playa. Allí os refugiaréis rápidamente bajo mis alas.

Todas las hadas asintieron y apagaron las varitas mágicas mientras alzaban el vuelo para separarse del halcón y posarse sobre la tortuga. Ésta avanzó hacia la costa, en todo momento pendiente de mantener el caparazón por encima de la superficie del agua para que las hadas no fueran arrastradas por el oleaje. El viaje sobre la tortuga marina resultó bastante agitado, y Mimosa se mareó y sintió ganas de vomitar. Su piel adoptó un extraño tono verde y se puso a gimotear mientras se agarraba el vientre con ambas manos, sudorosa y con la respiración entrecortada.

Madame Pinzón apuntó con su varita de bigote de tigre hacia el vientre de Mimosa y murmuró: «Cálmate», para ayudar a aliviar la sensación de náuseas. El sortilegio funcionó. En tan sólo unos segundos, Mimosa ya no estaba pálida y sonreía.

La Isla de las Sombras era una isla volcánica, triste y desolada, cubierta por una oscura arena negra. Justo a la izquierda del punto

exacto donde la tortuga había tocado tierra, un bosquecillo de árboles deshojados y aspecto marchito destacaba en medio de la oscuridad. Los troncos eran grises y blancos, y brillaban suavemente bajo la luz de la luna. En las ramas de los árboles más cercanos se podían divisar varios nidos de gran tamaño; cada uno debía de medir un metro de largo, aproximadamente.

La tortuga se desplazó con lentitud por la playa hasta que se detuvo. Las hadas se apresuraron a darle las gracias y a continuación corrieron para cobijarse bajo las alas extendidas del halcón.

—Os dejaré con el grifo mientras informo de vuestra llegada al rey y a la reina —les dijo el halcón.

Las hadas no se habían fijado en el enorme grifo que las observaba a escasos metros, y les pareció increíble que una figura tan descomunal hubiera podido pasarles desapercibida. Era de un color marrón dorado pálido, y realmente inmensa, más grande que una vaca. Sus plumas brillaban luminosamente bajo la luz de la luna, y su pelaje de león parecía una reluciente cascada de oro líquido. El grifo alzó una de sus enormes alas de águila para darles cobijo y las hadas se desplazaron desde su posición protegida bajo el ala del halcón hasta el refugio que les brindaba el ala del grifo. El traspaso se hizo de una manera tranquila, y con ello nuestras amigas evitaron exponer sus sombras.

El halcón se marchó volando mientras el grifo empezaba a hablar a las hadas.

—Estamos muy contentos de que hayáis venido.

La voz del halcón había sido firme y profunda, pero la del grifo era todavía más profunda y más seria. No hablaba con estridencias, pero su tono recordaba el ruido de las olas al estrellarse contra la costa y el eco de un trueno. Era la voz más grave y más oscura que las hadas habían oído jamás. Si se pudiera asignar un color a la voz, la del grifo sería más negra que el carbón. Su voz también sonaba distante, como si proviniera de las profundidades de una caverna o del interior de uno de los volcanes de la isla.

—Dentro de un rato os llevaré hasta el rey y

la reina —añadió el grifo—. Un albatros nos ha anunciado vuestra llegada, y el rey y la reina ya han organizado la recepción de bienvenida. Descansad unos minutos, seguramente os vendrá bien.

Todas las hadas se quedaron calladas y miraron a su alrededor. En la distancia podían vislumbrar varios fabricantes de sombras trabajando laboriosamente sobre unas mesas larguísimas. Esos seres eran más altos que los elfos pero más bajos que los trols, lo que significaba que tenían más o menos el mismo tamaño que los enanos: casi un metro de altura.

Parecía como si todos los fabricantes de sombras estuvieran hechos de arena brillante, con un sinfín de tonalidades grises. Tradescantia había visto al Hombre de Arena en una ocasión, cuando éste había asistido a un Círculo Mágico el año anterior, pero el Hombre de Arena estaba hecho de arena dorada. Los fabricantes de sombras parecían estar hechos de una infinidad de tonos de arena, desde el de una oscura y amenazadora nube de tormenta hasta el gris de los elefantes, pasando

por el grafito. Uno de ellos era tan escuálido que se asemejaba a una mortecina columna de humo.

Los había gordos y delgados, y también ni una cosa ni la otra, y todos trabajaban sin descanso. Los fabricantes de sombras llevaban unos cinturones para herramientas que contenían una amplia diversidad de extraños utensilios exquisitamente decorados que parecían cinceles, agujas, martillos, punzones, tazas para medir, tijeras, rodillos y balanzas. Estaban totalmente concentrados en su labor, y no se fijaron en las hadas mientas esculpían, cosían, medían, alisaban y fabricaban las intrincadas sombras.

Al cabo de diez minutos, todos los fabricantes de sombras abandonaron su trabajo y se marcharon en silencio y sigilosamente. Las hadas pensaron que debía de ser su rato de descanso.

Capítulo seis

El Rey Penumbra
y la Reina Silueta

ientras los fabricantes de sombras desaparecían en la oscuridad, el halcón regresó y habló con el grifo en voz baja. Después el grifo anunció a las hadas:

—Ahora no hay peligro, podéis salir de vuestro escondrijo debajo de mi ala. También podéis volar, siempre y cuando no os separéis de mi lado —añadió—. El rey y la reina han enviado a los fabricantes de sombras a trabajar al otro extremo de la isla para que estén a salvo de los efectos de vuestras sombras.

—¿Y el rey y la reina? ¿También estarán a salvo de nuestras sombras? —inquirió Cinabrio, con cara de preocupación. Las otras hadas también se mostraban intranquilas. Lo último que deseaban era provocarle la muerte a un fabricante de sombras, al rey o a la reina.

—Sois muy consideradas —les agradeció el grifo—. Sí, están a salvo. No obstante, le pediré al rey que os explique el motivo. Estoy seguro de que él sabrá daros una respuesta acertada a vuestra pregunta.

Las hadas volaron todo el tiempo al lado del grifo, aunque un poco por encima de sus enormes alas, que desencadenaban unas peligrosas corrientes de aire cada vez que las batía. Volaron directamente hacia la cumbre de uno de los volcanes más grandes. Por fortuna, el volcán no estaba activo, así que entrar en él no suponía ningún peligro. Siguieron al grifo y descendieron por la abertura negra y escarpada, pasando entre unas rocas afiladas y brillantes.

Las paredes interiores del volcán hueco ocultaban una escalera de caracol larguísima, con mil peldaños. Las hadas respiraron aliviadas por el hecho de poder realizar el descenso volando. Si hubieran tenido que bajar andando por las escaleras, habrían tardado mucho rato.

El rey y la reina las esperaban en una estancia muy espaciosa en la base del volcán. Los ojos de las hadas se habían habituado a la oscuridad cuando llegaron al fondo, y podían ver bastante bien.

El Rey Penumbra y la Reina Silueta eran unos fabricantes de sombras muy ancianos. El rey era increíblemente alto y delgado, y la reina era más bien bajita y rechoncha. Estaban sentados en unos gigantescos tronos negros hechos con roca volcánica esculpida y pulida. Arrellanados en esos enormes tronos de vidrio, los monarcas parecían dos seres de reducidas dimensiones.

—¡Bienvenidas! —las saludó el rey—. Vuestra visita nos honra; es la primera vez que recibimos una delegación de hadas. He enviado a todos los fabricantes de sombras a trabajar al otro extremo de la isla mientras estéis aquí, de ese modo estarán a salvo de vuestras sombras. Podéis encender vuestras varitas si queréis.

Cinabrio miró a madame Pinzón primero, y, tras ver la señal de asentimiento de su tutora, susurró: «Luz mágica». La punta de su ramita de álamo se iluminó inmediatamente con una luz tenue. La luz proveniente de una única varita era suficiente para iluminar la estancia, ya que dentro del volcán las rocas resplandecían con una increíble calidez. Cinabrio no necesitaba realmente la luz, pero esperaba que con ello las otras hadas se sintieran más cómodas. Hasta ese momento, el viaje de nuestras amigas había sido tenso, ya que habían tenido que moverse en plena oscuridad y con criaturas desconocidas como el grifo.

El grifo susurró algo al rey, quien asintió con la cabeza. Entonces la gigantesca criatura dorada se acomodó al lado del trono del rey para escuchar y esperar órdenes.

Al cabo de un rato, el rey volvió a hablar.

—Ni la reina ni yo hemos fabricado sombras durante los últimos setenta y cinco años, por lo que es imposible que seamos los creadores de las vuestras. Por eso no corremos ningún peligro en presencia de vuestras sombras —explicó.

Madame Vara de Oro murmuró entre dientes:

—Pues conmigo os habéis acercado peligrosamente, ya que tengo setenta y tres años. —Sacudió la cabeza levemente y suspiró aliviada al pensar que era una suerte que no tuviera setenta y cinco años porque, de haber sido así, habría puesto en peligro las vidas del rey y de la reina.

Madame Vara de Oro sabía que no aparentaba tantos años, y dudaba que existieran muchas criaturas que acertaran su verdadera edad. Normalmente todos solían ponerle unos sesenta años, más o menos.

—Y ahora permitidme que os exponga el problema —continuó el rey—. Nos han robado doce sombras que teníamos que distribuir.

Las hadas se estremecieron con un escalofrío, sorprendidas a la vez que abatidas, al descubrir que faltaban más de siete sombras.

—A menos que encontremos las sombras robadas, los recién nacidos para las que habían sido fabricadas se quedarán sin ellas —terció el rey con una enorme tristeza—, y eso condu-

cirá inevitablemente al desastre, con tormento y penurias para los doce niños, y posiblemente para el resto de la humanidad. No podemos producir las sombras de nuevo. Las siluetas de la sombra de cada individuo sólo están disponibles mientras se están fabricando las sombras.

»Hemos realizado una investigación y hemos descubierto que un fabricante de sombras que se llama Luminaria se ha vuelto diabólico. Trabaja para Ráfaga Luminosa, el Demonio de la Luz. Tenemos a Luminaria bajo custodia, pero no hemos conseguido sonsacarle qué ha sucedido con las sombras robadas.

»Como seguramente ya sabréis —agregó el rey— la intención del Demonio de la Luz es destruir las sombras de los seres humanos con el fin de torturarlos, pero hasta ahora no se había atrevido a molestarnos aquí en la isla, ni había atacado a ninguna sombra humana, que sepamos. Esta pérfida acción ha sido totalmente inesperada.

Todas las hadas asintieron con aire preocupado, mientras que el grifo, que seguía sentado al lado del rey y la reina, escuchaba atentamente.

De pronto, desde un punto muy elevado por encima de sus cabezas, oyeron un rugido estremecedor.

Capítulo siete

La batalla

El rey y la reina parecían muy asustados, y el grifo desapareció en un abrir y cerrar de ojos, como por arte de magia. En ese instante las hadas comprendieron por qué no habían visto a la enorme criatura al principio, cuando habían llegado a la isla. Por lo visto, el grifo tenía la habilidad de materializarse y desaparecer cuando quería, como los elfos y los leprechauns.

A pesar de que la expedición estaba formada por hadas pensadoras, todas ellas eran hadas de acción, intrépidas y con mucho coraje, así como con un fuerte sentido del deber. Inmediatamente remontaron el vuelo hacia la boca del volcán para averiguar qué sucedía.

Cuando llegaron a la abertura, presenciaron una escena tremendamente inquieante. El grifo estaba quieto y suspendido en el aire, cerca de la costa. Todavía sobre el mar, aunque acercándose lentamente, estaba la quimera. Parecía flotar sobre una nube de luz en forma de platillo plano y oval, resplandeciente e inquietante. La luz de la nube alumbraba la playa rocosa, y la ladera del volcán quedaba totalmente iluminada, como si estuvieran en pleno día.

El Manual de las Hadas les había advertido de que la quimera era un monstruo grotesco, y no se había equivocado. La quimera se mostraba en su apariencia tradicional, con cabeza de león, cuerpo de cabra y cola de serpiente.

La cabeza peluda de la quimera, con una generosa melena negra, era de gran tamaño, grotescamente desproporcionada con el resto del cuerpo de la criatura. Su parte de cabra, muy abultada, estaba moteada con manchas marrones y blancas; su cuerpo sólo tenía dos patas, rematadas por unas enormes pezuñas de cabra. También tenía dos bracitos enclenques acabados en pezuñas que no parecían corresponder de ninguna manera a una criatura tan descomunal. La cola rayada del monstruo, verde y amarilla, era muy gruesa en la parte más próxima al cuerpo, pero se iba estrechando y haciendo más fina hasta acabar en un punto. Su forma les recordó a la cola de un dinosaurio. La quimera tenía un cuerpo tan extraño y desproporcionado que parecía que necesitaba la cola para poder mantener el equilibrio sobre sus dos patas, como si formara un trípode.

—¡Rápido, niñas! —exclamó madame Pinzón—. ¡Seguidnos, pero permaneced en todo momento detrás de nosotras! —les ordenó.

Madame Pinzón y madame Vara de Oro volaron hacia la playa, seguidas de cerca por Cinabrio, Zarzamora, Mimosa y Tradescantia. Las hadas se resguardaron detrás de una formación de rocas que se extendía a lo largo de la costa. El grifo permanecía en su posición estática, directamente delante de ellas, suspendido en el aire a unos seis metros.

La quimera seguía acercándose a la playa. De repente, saltó del platillo de luz; sus pezuñas impactaron con tanta fuerza en la arena

que el suelo tembló como si se tratara de un terremoto. El tamaño del monstruo era dos veces superior al del grifo. El monstruo soltó otro retumbante y horrible rugido. A continuación, escupió fuego por sus fauces para atacar al grifo, pero éste se movió con gran rapidez y esquivó las llamas.

Madame Pinzón y madame Vara de Oro alzaron las varitas por encima de sus cabezas, apuntando hacia el cielo, al tiempo que coreaban: «Cascada». Un manantial de agua brotó súbitamente de sus varitas y formó una sombrilla de agua protectora sobre ellas. Las jóvenes hadas siguieron su ejemplo y pronto quedaron resguardadas del fuego de la quimera.

El monstruo continuó rugiendo y vomitando fuego, y el grifo siguió esquivando las llamas. Al verlo moverse con tanta rapidez y agilidad, nuestras queridas hadas se acordaron de su amiga Libélula, que siempre estaba revoloteando de un lado a otro sin parar. Jamás habrían imaginado que una criatura del tamaño del grifo pudiera moverse con tanta facilidad.

Sin embargo, el fuego de la quimera parecía inextinguible, y el grifo empezaba a perder las fuerzas. En un momento dado, una de las llamaradas alcanzó la pata trasera del grifo y éste se vio obligado a retroceder y perdió altura.

Madame Pinzón y madame Vara de Oro decidieron intervenir para ayudar al grifo. Cada una de ellas lanzó un puñado de polvo de duendecillo al aire. Luego, apuntando con sus varitas, gritaron al unísono: «¡Fuego!», y cada mota del resplandeciente polvo mágico se convirtió en una poderosa bola de fuego voladora. En un abrir y cerrar de ojos, más de cien proyectiles salieron disparados hacia la quimera. No obstante, a pesar de que el monstruo no podía volar, era capaz de retroceder con una portentosa habilidad, por lo que consiguió esquivar la mayoría de los proyectiles.

Las bolas de fuego que impactaron en el cuerpo de la quimera no parecieron hacerle daño; lo único que consiguieron fue enfurecerla aún más. La criatura rugió rabiosa y escupió fuego hacia las hadas, pero nuestras intrépidas amigas se refugiaron detrás de las rocas y debajo de la sombrilla de agua protectora.

—Supongo que en este caso no podemos combatir el fuego con fuego —concluyó madame Vara de Oro.

Tras una brevísima retirada, el grifo volvió a la acción. Había tenido tiempo de recuperarse y ahora estaba lanzando algo parecido a unas cuerdas oscuras por su boca de águila. Las cuerdas oscuras rodearon a la quimera, se enrollaron y tensaron alrededor de su cuerpo, mientras el monstruo intentaba deshacerse de las ataduras.

La nube luminosa en forma de platillo en la que había llegado la quimera empezó a adoptar diferentes formas mientras permanecía suspendida encima del monstruo que no paraba de retorcerse. La nube era en realidad el Demonio de la Luz y, al igual que casi todos los demonios, Ráfaga Luminosa era capaz de alterar su forma hasta adoptar cualquier estado y aspecto que quisiera. En esos precisos instantes, el demonio se estaba transformando en una criatura de luz enorme, de forma redondeada y con unas púas larguísi-

mas. Resplandecía con un brillo intenso y lanzaba dardos de luz para dañar la vista a sus adversarios. El grifo y todas las hadas tuvieron que mirar hacia otro lado para evitar los destellos cegadores.

Incluso en plena noche, el Demonio de la Luz se asemejaba al dios sol, puesto que era demasiado brillante para mirarlo directamente sin tener que entornar los ojos. Sin embargo, su luz no desprendía calor. En lugar de eso, la temperatura a lo largo de la costa era helada, como si una ventisca del frío invierno ártico hubiera alcanzado la isla. A las hadas les costaba creer que algo tan brillante pudiera ser tan frío.

Mientras tanto, en la playa que se extendía bajo la figura del demonio, los intentos por parte de la quimera para liberarse de la soga estaban dando sus frutos. El monstruo casi había conseguido desprenderse de sus ataduras cuando las hadas volvieron a depositar su atención en él.

—¡Vamos! ¡Adelante! —ordenó madame Pinzón con una firme determinación. Apuntó con su varita hacia la quimera y el demonio y gritó—: ¡Envoltura de oscuridad!

Unas nubes de vapor negras como el hollín empezaron a fluir inmediatamente de la punta de su varita, y las nubes oscuras se dirigieron con gran rapidez hacia la quimera y Ráfaga Luminosa.

Cinabrio, Zarzamora, Mimosa, Tradescantia y madame Vara de Oro alzaron también sus varitas y repitieron: «¡Envoltura de oscuridad!».

Unos oscuros vapores sinuosos escaparon de las varitas adicionales y se dirigieron también hacia el demonio y la quimera.

De repente, la pequeña varita de pluma de colibrí pareció cobrar vida, como si estuviera poseída por una voluntad innata. La pluma se escapó de la mano que la sostenía y se elevó hasta alcanzar una posición por encima de las otras varitas, desplazándose hacia adelante y hacia atrás con una portentosa agilidad, y emitiendo las oscuras nubes vaporosas a una velocidad diez veces superior que la de las otras varitas. La diminuta pluma estaba obviamente cargadísima de Hechizo de colibrí, además de la magia de las hadas, y por eso no podía contener su vitalidad.

En cuestión de segundos, la quimera y el Demonio de la Luz quedaron completamente cubiertos por un manto de nubes oscuras, que los envolvió estrechamente y los inmovilizó.

La varita de madame Vara de Oro regresó a su mano, revoloteando jocosa y emitiendo zumbidos de alegría, mientras el hada tutora exclamaba sin poder contener la risa: «¡Buen trabajo!».

Capítulo ocho

Las sombras robadas

l principio lo único visible era la cabeza de la quimera, que asomaba a través del manto oscuro. Al cabo de unos segundos, el Demonio de la Luz también consiguió sacar la cabeza, que se distinguió entre las sombras que lo apresaban. Tenía la nariz y la barbilla puntiagudas, las mejillas muy angulosas y unos ojos feísimos, refulgentes y de color naranja. Sus manos y sus pies nudosos también se hicieron visibles, asomando entre las sombras oscuras. Ráfaga Luminosa tenía unas manos larguísimas y unos pies con unas garras afiladas y brillantes.

Afortunadamente, nadie había salido seriamente herido de la batalla. Las hadas sólo tenían unos pocos rasguños y moratones, y las quemaduras del grifo no eran graves. A pesar de ello, Mimosa se mostraba muy afectada. Le ofreció al grifo someterlo a un Hechizo de Curación, pero la criatura sacudió la cabeza.

—No te preocupes por mí. Mis heridas se curan muy rápidamente —anotó.

El Rey Penumbra y la Reina Silueta habían conseguido por fin llegar hasta el final de la escalera de caracol. Bajaron por la ladera del volcán y enfilaron hacia la playa; una vez allí, se colocaron al lado de las hadas y del grifo y miraron a los dos cautivos.

Nadie dijo nada durante unos breves momentos, luego el rey sentenció:

—Deberíamos matarlos.

El rey volvió el rostro hacia el grifo, con la clara intención de dar la orden, cuando Mimosa y Tradescantia gritaron a la vez: «¡No!».

Cinabrio se acercó al rey y le dijo:

—Es necesario que vivan para mantener el equilibrio natural. La luz y la sombra tienen que convivir en el mundo. No podríamos tener uno sin el otro.

Madame Pinzón también dio un paso adelante. Con sus mejores dotes diplomáticas, intentó calmar los ánimos y trató de convencer al rey para que no se precipitara al tomar esa decisión.

—Cinabrio tiene razón. No podéis decidir su destino. Lo más sensato sería dejar que la Madre Naturaleza se encargara de ellos.

El rey miró a las hadas y luego desvió la vista de nuevo hacia el demonio y la quimera. Las cejas del monarca se fruncieron mientras reflexionaba. Después de una pausa larguísima, declaró:

—Tenéis razón. La Madre Naturaleza debería decidir su castigo.

El Rey Penumbra estaba a punto de añadir algo más cuando fue interrumpido. El Demonio de la Luz había empezado a reírse a mandíbula batiente. El sonido era frío y cruel, un desagradable sonido agudo como el de unos enormes trozos de hielo desprendiéndose de un tejado y estrellándose contra un suelo de hormigón. Entonces el demonio se dirigió al grupo:

—No acepto ningún castigo de la Madre Naturaleza. Ella no tiene poder sobre mí.

Súbitamente, un intenso destello sorprendió a nuestras queridas amigas, seguido de un gran estruendo. Después, un relámpago fulminante cayó justo delante de la quimera y de Ráfaga Luminosa. A lo lejos, por encima del océano, las hadas avistaron una gigantesca tromba marina que se abría paso entre las aguas. Ninguno de los allí presentes había visto antes un huracán marino. El enorme ciclón compuesto por agua alcanzó la costa muy rápidamente. La tromba marina empezó a girar a una velocidad vertiginosa alrededor de la quimera y del demonio, y se los llevó lejos de la isla.

Nadie dijo nada durante unos momentos, entonces el rey remachó:

—Diría que la Madre Naturaleza sí que tiene cierto control sobre el Demonio de la Luz; lo único es que él no lo sabía.

Madame Pinzón volvió a dirigirse al rey.

—Por favor, llevadnos a ver a Luminaria.

Luminaria parecía ser plenamente consciente del horroroso lío en el que se había metido, y de que el Demonio de la Luz no iba a venir a socorrerlo. El fabricante de sombras

malcarado echaba fuego por los ojos cuando vio a las hadas. Bajó la cabeza y se mantuvo callado.

Madame Pinzón sacó su varita de bigote de tigre, pero se dirigió a las jóvenes hadas antes de usarla.

—Vosotras no podéis lanzar este sortilegio a menos que un hada tutora os esté supervisando, e incluso en esas circunstancias sólo podríais usarlo en ocasiones especiales. El único motivo por el que se me permite usar este sortilegio hoy es para asegurar el éxito de nuestra misión.

Cinabrio, Mimosa, Tradescantia y Zarzamora asintieron con la cabeza. Conocían sus derechos y sus limitaciones, y también eran conscientes de que las tutoras tenían la obligación de recordarles las normas como parte de su trabajo, por lo que no les importó escuchar de nuevo lo que ya sabían.

Madame Pinzón espolvoreó un poco de polvo de duendecillo sobre la cabeza de Luminaria, apuntó con su varita, y proclamó: «¡Verdad!».

La luz emanó de su varita y formó un círculo titilante de un color verde azulado que se

instaló sobre la cabeza de Luminaria como un halo. Acto seguido, madame Pinzón preguntó al fabricante de sombras.

—¿Dónde están las sombras robadas?

El halo de luz debía de pesar mucho, porque la cabeza de Luminaria cayó pesadamente hacia delante.

Lamentablemente, el Hechizo de Verdad no parecía ser lo suficientemente poderoso, porque Luminaria continuó mirando ferozmente hacia ambos lados, con el semblante irritado.

A continuación, madame Vara de Oro dio un paso hacia delante.

—Abandonad la habitación, por favor —ordenó a las hadas.

Todas las hadas salieron de la estancia sin rechistar. Nuestras queridas amigas sabían que madame Vara de Oro poseía el don de sonsacar la verdad. Su porte altivo en ese momento era más que suficiente para que cualquiera temiera sus poderes. Y nadie deseaba verla en acción, ni siquiera por una buena causa.

La tutora permaneció en la habitación con

el fabricante de sombras durante menos de dos minutos. Luminaria no ofrecía la imagen de haber sido torturado después del encuentro con madame Vara de Oro, pero sus ojos parecían vacíos y perdidos en la distancia.

—Rastread entre los árboles a lo largo de la costa este de la isla. Las sombras robadas están ocultas en el nido abandonado de un halcón —informó madame Vara de Oro al rey y a la reina.

El grifo alzó el vuelo sin perder ni un segundo.

Regresó transcurrida una hora, seguido por doce halcones. Cada uno de ellos portaba una cajita cuadrada y plateada, del tamaño de un terrón de azúcar, anudada con un bonito lazo de un azul marino intenso. Por lo visto, ésa era la forma en que empaquetaban las sombras para transportarlas.

—¡Lo hemos conseguido! —anunció el grifo. Entonces procedió a dar órdenes a los halcones—: Es preciso que voléis tan raudos como podáis. No os detengáis, a menos que sea absolutamente necesario.

Los doce halcones asintieron con la cabeza,

alzaron el vuelo con un amplio y elegante arco y partieron de inmediato en diversas direcciones. Además de Panamá, Canadá, Sudáfrica, Holanda, México y Estados Unidos, también había niños en Japón, España, Bélgica y Noruega que esperaban recibir sus sombras.

El rey y la reina dieron efusivamente las gracias a las hadas por su ayuda.

—No podríamos haberlo conseguido sin vosotras —aseveró el rey—. Por eso os hemos preparado un pequeño regalo.

La Reina Silueta entregó a cada una de las hadas una diminuta caja de sombras anudada con un bonito lazo azul marino. Las cajas no contenían sombras ya que las hadas ya tenían las suyas. En lugar de eso, estaban repletas de la resplandeciente arena negra que cubría las costas de la Isla de las Sombras.

El disco solar empezaba a alzarse por encima del horizonte cuando las hadas abandonaron la isla. El grifo las llevó volando hasta el punto de la playa donde debían reunirse con Trizo. El viaje de regreso fue mucho más rápido, ya que el grifo podía volar más veloz que un halcón. La criatura dorada se despidió de las hadas y les agradeció toda la ayuda prestada.

Cinabrio le contó a Trizo los pormenores de su aventura. Después las hadas se prepararon para el viaje de regreso. Aspiraron aire profundamente y cerraron los ojos.

Cuarenta y cinco minutos más tarde, se despertaron bajo el ciprés calvo en el parque donde se habían reunido el día anterior. Trizo las había estado vigilando atentamente mientras dormían. Cuando las hadas estuvieron totalmente despiertas, el elfo se despidió de ellas y desapareció con un sonido similar a un taponazo.

El coche de madame Pinzón y la furgoneta de madame Vara de Oro seguían todavía aparcados cerca del estanque. Zarzamora y Mimosa se despidieron de Cinabrio, de Tradescantia y de madame Pinzón. Madame Vara de

Oro se encargaría de llevar a Mimosa a casa de su tutora, madame Monarca, quien lo había organizado todo para que la niña pudiera pasar dos días fuera de su casa para participar en la misión, aduciendo que Mimosa iba a pasar una noche con Caléndula, la sobrina de madame Monarca.

Nuestras queridas hadas permanecieron en silencio mientras madame Pinzón llevaba a Tradescantia de regreso a su casa. Madame Camaleón se había encargado de todo para que Tradescantia pudiera pasar una noche fuera de casa.

A pesar del sueño de cuarenta y cinco minutos, del que ninguna de ellas recordaba nada, todas las hadas se sentían muy cansadas y permanecieron calladas en el coche.

Al día siguiente, madame Pinzón envió mensajes de nuez a madame Sapo y a otras tutoras para informar del éxito de la expedición.

Cinabrio también envió mensajes de nuez a varias amigas. Se pasó un buen rato redactando el mensaje para James, agradeciéndole el regalo de la bella flor y contándole los detalles de su aventura. Un cuervo encaramado en el alféizar de la ventana de su cuarto aguardaba pacientemente para llevar la nuez a James.

Nuestra querida amiga también envió un mensaje a Tradescantia para salir a patinar

juntas algún día de la semana siguiente. Romero ya habría regresado del viaje de vacaciones con su familia y seguramente estaría ansiosa por escuchar el relato sobre todo lo que había sucedido en el último Círculo Mágico y la apasionante misión. Un simpático arrendajo se mostró encantado de llevarle la avellana a Tradescantia.

A continuación, Cinabrio redactó notas para Vincapervinca, Dondiego de Día y Primavera para contarles los detalles del viaje a la isla y la increíble batalla entre la quimera y el grifo. Después de más de una hora escribiendo, Cinabrio sintió la necesidad de tomarse un descanso. Una familia de ardillas a las que les encantaba repartir mensajes de nuez tomó las tres bellotas para entregarlas a sus destinatarias.

Cinabrio guardó cuidadosamente la flor llamada suspiro de bebé en su joyero. Acto seguido, decidió atar la diminuta caja plateada en su cinturón de hada, junto a la bolsita con polvo de duendecillo.

Sin dejar de pensar en su última misión mágica, salió y deambuló por el soleado jardín

durante un rato, observando su sombra. Puesto que Cinabrio prefería las horas nocturnas, nunca había prestado demasiada atención a su sombra, ni a cual pudiera ser su utilidad. Tras el viaje a la Isla de las Sombras, sin embargo, su inseparable amiga había adquirido para ella una consideración completamente nueva. Le estaba muy agradecida por el apoyo y protección que le brindaba, y prometió que jamás permitiría que se apagara la estima y admiración que sentía por su sombra.

—Es curioso lo mucho que nos parecemos —le comentó rápidamente a su sombra—, cuando debatimos sobre asuntos importantes, siempre te pones de mi parte —añadió.

Tras pasear por el jardín casi una hora, reflexionando sobre los nuevos sentimientos que la invadían, susurró un último pensamiento hacia su sombra:

—Pensándolo bien, creo que eres mi mejor amiga.

Fin

Diversiones de las hadas

Mi sombra
de J. H. Sweet

Mi sombra me hace compañía
cuando salgo a pasear sola.
A veces debatimos acerca de temas
    importantes
y nunca nos mostramos en desacuerdo.
Qué agradable saber que mi sombra
camina a mi lado,
o me guía mientras la sigo.
Casi nunca me deja sola.
Pero ¿adónde va mi sombra
cuando salgo a pasear al mediodía?
¿A visitar a otras sombras?
No me deja sola demasiado rato.
Unos minutos después del mediodía,
mi sombra aparece detrás de mí,
intentando darme alcance, para contarme
    un secreto.

Dibuja tu sombra.
A continuación, escribe tu poema
sobre ella.

Trazos de sombras

La forma y el tamaño de tu sombra varía cuando el sol se desplaza por la bóveda celeste. Por la mañana su aspecto puede ser alargado y fino, y por la tarde puede parecer más corta y rechoncha. Pídele a un amigo que realice un seguimiento de tu sombra durante todo el día, y después podéis repasar las diferentes formas que tu sombra ha ido adoptando a lo largo del día.

Para hacer este experimento, necesitarás:
Tiza
Estar en una acera o en un patio
Un amigo que te ayude
Un reloj

Decide a qué horas del día quieres ver tu sombra. Por ejemplo, podrías elegir las nueve de la mañana, las doce del mediodía y las tres de la tarde. A continuación, decide dónde quieres que se refleje tu sombra. Ponte de pie en un lugar y pide a tu amigo que dibuje tu sombra con una tiza. Escribe tu nombre al lado de tu sombra y la hora en la que ha sido dibujada. Después pide a tu amigo que permanezca de pie quieto mientras tú dibujas su sombra en el suelo.

Repite este proceso tantas veces al día como quieras. ¿Qué sucede con tu sombra cuando el sol se desplaza por el cielo? ¿A qué hora del día tu sombra parece más pequeña? ¿A qué hora del día parece más grande? ¿A qué hora del día puedes ver tu forma de sombra favorita?

¡También puedes intentar este experimento dentro de casa en un día lluvioso! Engancha una cartulina grande en una pared. Colócate frente a la pared y enciende una luz potente delante de ti. Pide a un amigo que trace tu sombra en la cartulina. (Hacedlo con cuidado para no pintar la pared.) ¡Intenta realizar diferentes posturas y observa cómo reacciona tu sombra!

Luces y sombras

En esta entrañable historia, las hadas apren-
den la necesidad de que exista la luz y la
oscuridad para que el mundo esté en armonioso equilibrio. Intenta crear un mural
usando sólo el blanco y el negro. Puedes utilizar pinturas, rotuladores, colores de cera o
lápices de colores. Incluso podrías recortar
páginas de una revista y componer un
collage o un mosaico. Pero limita los colores que uses al blanco y al negro.

Los cipreses calvos

El ciprés calvo —también conocido como ciprés de los pantanos— es una conífera que produce unos conos similares a las piñas de un pino, que contienen las semillas del árbol. Los cipreses calvos pueden crecer en muchos tipos de tierra diferentes y a veces incluso directamente en las aguas poco profundas de los ríos, estanques y pantanos. Cuando estos árboles crecen en el agua, sus raíces se desarrollan verticalmente hacia arriba hasta aflorar por encima de la superficie del agua y adoptan unas formas que se asemejan a rodillas. Los cipreses simbolizan la oscuridad, las sombras y la aflicción.

Los volcanes

Los volcanes son unas aberturas naturales que permiten que los gases, las cenizas y las rocas fundidas afloren desde el interior de la tierra a la superficie. Cuando hay demasiada presión, el volcán puede sufrir una erupción y la lava (las rocas líquidas) y los gases salen disparados desde el suelo y a través de la boca del volcán. Cuando la lava sale de un volcán, su temperatura suele oscilar entre... ¡700 y 1.200 °C!

Existen unos 1.500 volcanes en el mundo que han entrado en erupción en los últimos 10.000 años. Aproximadamente, todavía hay entre 50 y 70 volcanes en el mundo que siguen activos y que entran en erupción cada año. El Mauna Loa en Hawái es el volcán más grande de la Tierra. Con una altitud de 4.170 metros de altura, el volcán ocupa la mitad de la isla de Hawái. Se han producido 33 erupciones desde 1843. Su última erupción ocurrió en el año 1984.